나의 노래
손미라 시집

나는 무엇을 하고 있는가

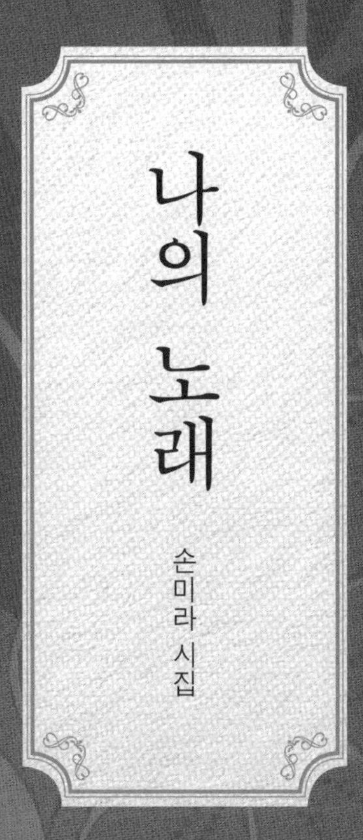

좋은땅

목차

기다림

처마 끝에 덩그러니 놓여 있는
빛바랜 우산
시간의 흔적을 말해 준다

낡은 우산을 쓰고
동구 밖까지 나가 기다려도
오신다는 님은
안 오시고 비만 내린다

기다림에 지쳐 마음만 타고
빗방울 속 님의 얼굴
부여잡으려 하나
사라져 버린다
마치
밀당 하는 것처럼

그리움은 더해 가고
환상 속의 님을 향한 마음은
펼쳐진 낡은 우산 속에서
빗속을 떠다닌다

거리가 주는 행복

한 무리의 작은 꽃
가까이도 멀리도 아닌 거리에서 보니
작은 꿈틀거림이 보인다

따뜻한 바람이 불어오니
일제히 꽃나비 되어
버섯구름처럼 하늘을
날아올라 흩어진다

가까이도 멀리도 아닌 거리에서 보니
쓰레기더미 위에
낡고 찌그러진 쓸모없는
버려진 냄비 하나 있다

꽃나비 살포시 내려앉아
냄비 속으로 녹아지니
조금씩 조금씩
원래 자기 모습을 찾아 가며
세상을 향해 웃는다

운명의 장난

둥글고 미끈한 머리에
빨판을 붙인 문어 한 마리
긴 다리로 플라스틱 통에서 빠져나와
이리저리 휘저으며
건장함을 뽐낸다

어느새 덩치 큰 주인이
빠르게 누비는 놈을 덥석 잡으니
팔뚝을 휘감으며
전쟁이 시작되지만
패배자는 말이 없다

풍덩!

마술사 모자도 없는데
영롱한 우주선이 나타났다
감탄도 잠깐
사정없이
다리부터 분해하고
머리를 해체해 분석한다

조금 전까지만 해도
잘난 척하며
기고만장하던 녀석이
제일 먼저
희생이 되었다

운명의 장난처럼

어느 슬픈 이야기

적들이 우글거리는 한가운데
외로운 어미 사자와 새끼들
홀로 키워야 하는 운명

삶을 위해
새끼들을 안전하다고 믿는 곳에 숨겨 놓고
번뜩이는 눈들을 의식하며 위험한 도전을 한다
불안과 초조한 마음으로
뒤돌아보고 주위 살피고
다시 반복하면서
떨어지지 않는 발을 내딛는다

조급한 마음으로 황급히 돌아와
새끼를 찾아 이리저리 샅샅이 뒤지며
작은 소리로 신호를 보내지만
흔적도 없다

절망
분노
오열의 몸부림

울부짖음의 포효가 온 땅을 멈추게 한다

하늘이 위로하듯 단비를 내려 주니
삶의 끝에서 또 다른
삶을 이어 간다

다양한 삶

한 통의 페인트를
쪽빛 바다에 펼쳐 놓으니
돛단배 되어
사랑의 밀애를 즐기는 연인들을
훔쳐보며
대리만족 하고

늙은 느티나무는
삶의 넋두리를 하는
나그네들을 모아
카멜레온처럼
그들의 삶을 송두리째
빨아들여 배를 채우고

팔색조는
한 가지에 만족 못 하고
많은 재주 부리다
눈독을 들이며 기다리는
자에게 삼켜지고

키다리 아저씨는
그림자를 방패 삼아
알 수 없는 쾌감을 누리며
그림자놀이를 한다

끝없이 펼쳐진 공간 속을
마음껏 휘저으며
나만의 색을 만들며 활개 치는
나는 페인트

선택받은 자

그가
빛으로 내게 들어와
어둡고 음침한 곳에서
얼음처럼 차가워진 나를
온몸으로 감싸안으며
어루만져 녹입니다

사람을 귀하게 여기는 그는
상처 난 조각으로
상처를 내는 나에게
조각들을 모아
새로운 나를 만들어 놓습니다

선하신 목자 되신 그는
푸른 초장으로 나를 인도하시며
쉴 만한 물가로 데려가
나의 삶을 풍요롭게 하십니다

내가 너를 자유케 하리라
날마다 그는 속삭입니다

참 자유를 경험한 자만이
완전한 자유를 누릴 수 있습니다

선택받은 자는
자유인입니다

평촌의 빈집

휘-잉
텅 빈 가슴에
을씨년스럽게 바람이 들어옵니다
듬성듬성 연결되어 있는
뼈마디 사이로
바람이 들어오니 살이 에이듯 시립니다

사랑한다, 미안하다, 너 때문에 행복하다
연발하면서 안심시키더니
가을바람 타고 훌쩍 가 버린 그대
이젠 함께했던 흔적만 뒹굴고 있네요

지지리도 못난 나는
자꾸만 바람을 잡으려 하네요
밤이 오지 않길 바라지만
어김없이 밤은 다시 찾아와
나를 괴롭히네요

가슴 한 켠에 커다란 구멍 하나 생겼습니다
아-
무엇으로 달랠 수 있을까요?

보이지 않는 것의 실체

바람을 아는 것은 바람의 빛깔을 아는 것입니다
바람이 시작되는 곳에서 바람의 빛깔도 펼쳐집니다
바람은 시작점도 끝점도 없습니다
시작점이 끝점이 될 수도, 끝점이 시작점이 될 수 있는
뚫려 있는 무한의 공간입니다

바람의 빛깔을 아는 것은 바람을 아는 것입니다
바람을 알면 바람의 빛깔이 어떻게 이루어져 있는지 보입니다
사랑의 빛깔을 아는 사람은 사랑을 압니다
사랑이 시작되는 곳에서 사랑의 빛깔이 드러납니다
사랑에는 시작점이 끝점이고, 끝점이 시작점입니다

단어 중 가장 감동적인 "사랑"이 어떻게 시작되는지
눈을 감고, 가슴을 열고, 귀를 기울여 봅니다
그러면 보이지 않는 실체가 보이는 듯합니다

사라져 가는 것

전평리 어느 집 앞마당
험한 세월만큼 얼굴에 흔적을 가진
아낙네들 서너 명
꽐꽐 쏟아지는 수돗가에 옹기종기 둘러앉아
웃음소리에 맞춰
삶아진 국수를 안고 가볍게 왈츠를 추는
손놀림을 봅니다

좁은 툇마루에 둘러앉아
국수를 둘둘 말아 큰 대접에
고명도 없이 국물만 넣습니다

총각김치 하나 놓인 작은 상 위에서
참새들 소리에 맞춰
이번엔 젓가락 춤을 춥니다
누군가
친구가 있으니 진수성찬이네-
다시 웃음꽃 활짝 피었습니다

모든 춤은 끝나고

삶의 연민은 사랑의 노래가 되고
세월의 흔적이 쌓여 갈수록
추억의 깊이는 더해 갑니다

안방 높은 벽면에
추억의 사진들 줄지어 있는데
덩그러니 홀로 있는 빛바랜 사진 한 장
없으면 필요하고, 있으면 거추장스러운
그대
세월의 흔적만큼이나
친구에 밀려 사라져 갑니다

모과

교정 한 귀퉁이
나무에 주렁주렁 열매가
가을 하늘빛을 받아 황금색으로 비친다

탐스럽네
울퉁불퉁 못생겼네
생긴 게 저래도 약재로 쓰여…
모두들 한마디씩 한다

양지 바른 곳에서 때가 되어
큼지막하게 열매를 맺었는데
자랑스럽기보다 주눅이 든다

시고 향이 있지만
다양한 재료로 쓰이며
특히 청을 만들어 차로 우려내면
향긋함과 함께 피곤을 없앨 수 있는데…

외모 지상주의
할 수만 있다면 성형을 하고 싶다

한껏 매끄럽게 빛나던 모습이
어느새 그 빛을 잃어 간다

몇 십 년을 살아도 편견 때문에
받는 오해는 쉽사리 지워지지 않으니
아직 자신을 사랑하지 못하나 보다

기쁨

세찬 칼바람이 휘몰아쳐
옷깃을 한껏 여미게 하는 들녘

헐벗은 나무들은
저마다 두려움에 떨고
황량한 들판은
소리없는 전쟁이 시작되고

기세등등한 동장군은
칼춤을 추며
이리 저리 다니며
위세를 떨치고

언제 끝날지 모르는 절박함에
작은 것들은 모두 숨죽이며
깊숙이 깊숙이 숨어 들어갈 때

산등선 태양 빛이 손 내밀며
쉬어 가라 하니

두려움의 전쟁은
끝이 보이고
깊숙이 숨어 버린 것들이
고갯짓 하니

축제는
다시 시작되어
새로운 대지를
꿈꾸게 한다

가을 하늘의 행보

마당 한 귀퉁이에 있는 항아리 속으로
가을 하늘이 들어갑니다
갇혀 있던 항아리 속 물은 너무 반가워
붙잡고 놓아주지 않아
한참이나 같이 놀아 줍니다

길옆 작은 개울에 떨어진 빨간 단풍잎 위에
가을 하늘 내려앉으니
푸른 바다 위 빨간 돛단배 되어
황홀한 바닷속을 엿봅니다

창문 너머 앙증맞게 놓여 있는 마지나타에
가을 하늘 비추니
너무 눈부셔 그만 눈물을 흘립니다
그 모습에 당황하여 고개 숙이며 숨어 버립니다

계절을 거스르며 길가에 피어난 개나리는
된서리에 축 처져 풀이 죽어 있습니다
가을 하늘 내려와 옷 입혀 주니
또 다시 착각합니다

작은 창문 큰 세상

바람이 좋다
하늘 가까이 있어서 상쾌함이 더하다
바람은 빌딩숲도 숨을 쉬게 한다
바람을 타고 들어오는 냄새
그리운 엄마 품의 젖 냄새
병실 안 작은 창문으로 들어오는 포근함이
자꾸만 눈을 감게 한다

공기를 잔뜩 품은 풍선을 타고
어디론가 날아간다
재잘거리는 아이들
투명한 얼음 속에서
쉴 새 없이 생명을 전달하는 물소리
살얼음을 뚫고 나온 하얀 민들레꽃
연초록 나무들이 바람에 몸을 맡기고 춤을 춘다
팔을 벌려 바람을 품으니
봄의 요정이 되어
온 땅을 꿈꾸게 한다

축제의 노래

땅속을 헤집고 다니는 방랑자
지렁이
잠자던 온 땅을 깨우기 시작하며
어둠을 뚫고 여기저기 누비며
꿈틀꿈틀
흥분한 땅은 온몸을 떨며 신음하고
곳곳에 흔적을 남기고 간 자리는
촉촉하게 젖어 생명을 부르고
민들레 홑씨 하나
지쳐서 들어와 숨죽이고 작업한다

죽어야 산다는 만고의 진리 앞에
대지도 태동을 준비하고
자유를 꿈꾸는 애벌레도
덩달아 꿈틀거리며
온 우주를 담기 위해
마지막 탈춤을 춘다

무질서 속에 질서를 지키며
뻗어 있는 혈관이 활기차게 샘솟고

그 리듬에 맞춰 세포들이 움직이며
삶과 죽음의 새 생명 축제를 노래한다

거대한 자궁이 열려
품은 것들을 하나도 남김없이
다 쏟아 내고
또 다른 생명을 품기 위해
잠의 노래는 다시 시작된다

11월에 내리는 눈을 보며

이제는 내 세상 하며
큰소리치며 내리던 함박눈이
한바탕 즐기고 간다
성에 안 찼는지 다시 와서 또 즐긴다

아직 자신의 자태를 뽐낼 때인 단풍나무는
못마땅해 자꾸 옷에 묻은
결정체를 털어 내고 또 털어 내면서
정체성을 드러내려 한다

가야 할 때를 느끼며 서서히 준비하던 황금국화
갑자기 찾아온 함박눈에 몹시 당황하다
슬며시 치밀어 오는 불쾌감에
무리 지어 촛불집회라도 할 기세다
아랑곳하지 않는 함박눈은
기세가 등등하다

라디오에서 흘러나오는 4차 산업을
혁명이라 부르며 떠드는 소리에
가만히 있어도 자꾸만 밀려나는 세상에

혁명이란
거대하고 무서운 단어가 나를 더 두렵게 한다
미친 척하고 거꾸로 세상을 살면
지구는 둥그니까
혁명을 뛰어넘지 않을까?
엉뚱한 생각을 해 본다

뒤죽박죽으로 내리는 눈송이
내 생각도 뒤죽박죽
모두가 함박눈의 기세에 밀린다

무슨 말을 할까?

바람의 끝에서 바람은 바람을 말하고
계절의 끝에서 계절은 계절을 말하고
길의 끝에서 길은 길을 말하는데
나는 무엇을 말할 수 있을까?

안개가 걷힌 후에
햇빛 찬란한 풍광을 받은
비취 빛 호수는
잠들어 있는 그의 내면을 깨우고

어지러이 솟아난 바위들은
혼자이면 거들떠보지도 않을 텐데
같이 있으니 조화로운 세상을
만들어 가듯 서로에게 충실하다

바위 끝에 선 나약한 존재는
다 품은 줄 알았는데
아무것도 품지 못하고…
다 놓은 줄 알았는데
아무것도 놓지 못하고 바둥거린다

안개가 걷힌 세상 끝에서
나는 무엇을 말할 수 있을까?

가장 아름다울 때

아침 햇살을 받은 산속
떡갈나무, 자작나무, 단풍나무, 참나무…
저마다
반짝이는 불빛 아래 흐르는 눈물처럼
아름답고 황홀한 회한의 눈물을 흘린다

누가 먼저라고 할 것 없이
고요히 내려앉아 자리를 메꿔 가는 향연
끝까지 불타는 정열을 주체할 수 없어
촉촉이 머금은 이슬로 열정을 다스리지만
바람이 건드리면
들썩들썩 다시 불태울 기세다

불평과 원망이 난무한 때
낙엽 비 내려앉은 붉은 카펫 위를
맨발로 밟아 보자
그리고
발가벗은 모습으로
나의 눈물을 들여다보자

그림일기

농장에서 아침 일찍 일어난
큰아이 작은아이
잠옷 바람으로 나가
세모난 집게로 비눗방울 그린다

그 속에
토끼가 방아 찧는 꿈
가족의 얼굴
스틸하우스, 텃밭
아주 작은 개미까지
하나 하나 담아
행복을 전하러
가을바람 태워 올려 보낸다

잘 지낸다고
전해 줘

그 모습을 본
나무 위 까치 한쌍
대화의 주제로 삼는다

유성의 오일장

먼 동이 트기가 무섭게 연극을 하려고
무대를 장식하는 사람들
세트가 하나 둘 채워지고
무대의 주인공들이 등장한다
서막을 알리는 소리와 함께
청중들은 너 나 할 것 없이 숨죽이며
한바탕 푸지게 노는 자리에 합류하려고 앞다툰다
퉁퉁 탕탕 펑~
지글지글 보글보글
"어이쿠-" 미안합니다
구경 좀 합시다
얼마요, 깎아 주세요, 밑진 장사요
"거짓말-"
세상에서 삼대 거짓말이 무엇일까?
첫째 노인이 죽고 싶다는 말
둘째 처녀가 시집 안 간다는 말
셋째 장사치가 밑진다는 말
"짐이요-" 비켜요 비켜
큰 짐을 나르며 힘겨워 보이는 짐꾼들
한바탕 놀이가 시작되는가 싶더니
무거운 정적이 흐른다
요즘은 옛날 같지 않아

사람이 없어 사람이…
다시 정적이 깨지고 연극이 시작된다
자- 자
둘이 먹다 하나가 죽어도 모르는 맛있는 과일이 있어요
또다시
파는 자와 사는 자의 실랑이
와글와글
더욱 정겨운 소리들이 들리는 가운데
빗소리가 그 여운을 더하게 한다
아직 마수도 못 했다는 주름 가득한 할머니의
애절함이 걸음을 멈추게 한다
어느새
빠르던 손놀림과 발걸음
오감을 자극하던 모든 것들이 그 빛을 잃어 간다
날카로운 쇠붙이 소리
둔탁한 나무 곽 소리
주섬주섬 담는 어설픈 손놀림
텅- 빈 객석
한바탕 놀고 간 흔적은 없고
애꿎은 낙엽만 비에 젖어 널브러져 있지만
오일장
그날은 모두가 흥분하는 날

나의 노래

음악을 들으며
몸을 흔들 수도
눈물을 흘릴 수도 있다는 것

우산 하나에
행복해하는 아이들을 보며
미소 지을 수 있다는 것

물웅덩이 속에서 세상 모르고
첨벙거리며 신세계를 경험하는 아이를 보며
같이 즐거워할 수 있다는 것

들꽃을 보며 나를 볼 수 있고
작은 아픔에도 반응할 수 있는
섬세함을 가졌다는 것

있는 자에게는 없어 보이고
없는 자에게는 있어 보이지만
욕심 부리지 않는 만족감을 가졌다는 것

작은 것에도 감사하며 살 수 있는
특별한 은혜를 누리는 것

이것이
일상을 표현할 수 있는
나의 노래입니다
노래의 날개가 펼쳐질 수 있는 것은
오직 주님 한 분 때문입니다

놓지 못하는 이유

일제 말기에 없는 농가에서 태어나
온갖 고생과 무시를 당하며 자라고
배우지 못한 서러움을
한 이불을 덮고 자는 남편에게까지
당하면서도
아끼고 아껴 가며 삶을 지탱해 온 것은
무엇일까
오직 자식들-
한 자식이라도 무시당하지 않게
키우려면 움켜쥐어야 한다는 생각에
눈코 뜰 새 없이 움직이고 움직이다 보니
어느새
머리는 희끗희끗 물들고
온 몸은 병들었는데-
다- 떠나고 혼자다
무엇 때문에 이렇게 놓지
못하고 살았는지조차
기억이 까마득하지만
혹시나 세상 떠나기 전
병원 신세를 지면 자식들이

힘들까 봐

움켜쥔 손을 펴지 못한다

시간의 속도

진녹색 나무들
푸름과 열정을 과시하고
경쟁하듯
휘어 감은 오색 옷자락으로
패션쇼를 하더니
어느새
쇼는 끝나고 정적만 흐른다

시간을 추억하며
꼿꼿이 서 있는
콧대 높은 나무들에게
하얀 눈꽃 내려앉아
부드러움으로 감싸 준다

시간 속으로 빨려
들어가는 나
시속 0킬로로 시작했는데
65킬로 속도로
블랙홀에 빠져들고 있다
되돌릴 수도

조절할 수도
취소할 수도 없다
우주의 파장이 충돌하지 않는 한
나는 계속 속도를 낼 것이다

태양 아래서

갈라진 아스팔트 틈 사이로
삐죽 삐죽 고개를 내미는 작은 잡초들
살아 있음을 증명이나 하듯
즐거이 힘차게 날개 친다
그 위를 사정없이 지나가는 둥근 물체
피할 사이도 없이 그대로 짓눌려
힘없이 누워 버렸다
바람이 쓰다듬고, 햇살이 보듬지만
안타깝게도 움직이질 않더니
언제 그랬냐는 듯
오뚜기 인형처럼
일어난다
온 우주가 환호한다

나의 사랑
인생의 마지막을 힘겹게 버틴다
깃털처럼 가볍지만
한발 걷기가 힘겨워
휠체어를 의지한다
오랜만에 밖에 나와

바람의 스침
햇볕의 보듬음을
오롯이 온몸으로 받으며
새가 되어 우주를 비행하는
꿈을 꾼다

바람의 눈물

네 살 아이에게 부는 바람은
나뭇잎을 간지럽게 하는
장난꾸러기

암 선고를 받은
두 여자에게 스치는 바람은
마주 보며 웃을 수 있는 달콤함

제주도 오름에서 홀로
세찬 바람을 맞는 여자는
온몸 다해 바람을 안고
뒹굴 수 있는 환희

전쟁터
섬광과 폭음
비명과 오열 속
뿌연 연기와 메케한 냄새를 몰고 온 바람은
눈을 감게 하고 숨을 쉬게 하는
한 줄기 빛

그곳엔 바람의 눈물이 있다

심장에 채워지는 것

울창한 숲속 길을
많은 사람들이 걷고 있다
군중 속에 고독도
걷는다

숲속 벤치에 앉으니
낙엽만 옆에서 뒹굴고
앉아 줄 사람이 없다
오랜 시간 기다려도…

언덕을 올라가니
숨이 차고
다리에 힘이 빠진다
손을 내밀어 보지만
잡아 줄 사람이 없다

먼 산을 보며
눈물을 삼키니
목줄을 따고 내려가
심장에 박힌다

어느 날 갑자기

짙은 갈색 낙엽 무더기 위에
초록 낙엽이 발버둥치며 툭 떨어진다
타임머신을 타고
불시착했다
몸이 굳어 움직이질 않는다
납득이 되지 않아
주위를 둘러보니
온통 죽음뿐이다
정적이 흐른다

불혹의 나이도 넘기지 못하고
한순간 다른 세계로
훌쩍 가 버린 아들
납득이 안 가긴 매한가지다
아버지의 깊은 통곡 앞에
온몸이 전율하며
정적이 감돈다

위로하는 자
위로받는 자

모두에게 고통이다

시간은 흐른다
또한 시간은 쌓인다

흐르는 시간 속에
살다 보면 쌓인 시간을
다시 펼쳐볼 수 있을까

가을편지1

그대
낙엽은 바람 따라 뒹굴고
늘어선 가로수는 저마다 알록달록 치장하느라
누가 지나가는지 관심이 없네요
한때는
예쁜 오색 나뭇잎을 가져다
책갈피에 담아 놓고 나만의 가을을 만끽했었죠
한때는
삶이 너무 치열해 가을이 지나가는 줄도 모르고
정신없이 살았었죠
한때는
지나가는 가을을 잡으려고 이리저리 쫓아가
눈에 담고 마음에 담고
그것도 모자라 사진에 가둬 두고 못내 아쉬워했었죠
지금은
커피 한잔에 기대어 지나가는 가을을 물끄러미
바라보고만 있네요
그대
그대는 어떤가요

신성동에서 산책

가을 햇살이 뜨겁게 나를 부른다
가방 하나 둘러메고 그 길을 따라 가 본다
빛바랜 벤치 위 낙엽
발그레이 상기된 얼굴로 유혹한다
농익은 강아지풀
그 속에 수줍은 듯 숨어 있는 들꽃
앙증맞은 모습으로 속살을 드러내니
그만
유혹에 넘어가 더듬어 본다
오감이 자극되어
온몸이 전율한다

짙은 가을 향기 속에
금방 깎인 들풀이 청순한 미소로 손짓한다
흩날리는 머릿결에서 민트향이 풍기니
좋아하는 향기에 취해
가을 향기 잊어버리고 청춘을 꿈꿔 본다

어느 10월의 마지막 날

푹신한 낙엽 위를 걷는데
발걸음이 천근만근

저마다 시월의 마지막 날을 기대하며
환상에 젖었을 때
어두운 그림자가 순식간에 백오십 명이 넘는
아름다운 꽃들을 삼켜 버렸다는 소식에
뭉크의 '절규'가 떠오르며 소름이 돋는다

못다 핀 꽃을 그 누가 피울 수 있을까
무거운 다리가 더욱 옥죄어
걸음을 멈추고
하늘을 올려다보지만
대답이 없다

또 다시 숙제가 주어진다
심장에 든 멍을 어떻게 지울까
이해할 수 없는 논리를 어떻게 논할 수 있을까
대답 없는 이름들이 메아리치며 되들려올 때
어떻게 받아야 하나…

애꿎은 낙엽만 꾹꾹 밟아 누른다

하늘구름

낙동강 위에 하늘이 내려앉아
구름을 남기고 간다
하늘구름을 바라보는 이들
바람 안개 맞으며 그 속으로 스며든다

강이 좋아 찾아온 한 무리의 철새
하늘에서 둥실둥실 떠다니며
새로운 짝을 찾아 줄다리기 하니
고요하던 물결이 한바탕 일렁이고
잠자던 물속 고기들이 혼쭐이 나
꽁무니 빠지게 도망친다

물안개 피어 있는 고즈넉한 길을 걸으며
뼛속까지 스며드는 외로움에 몸을 움츠린다

사랑이 무르익는 청둥오리 한쌍
둘만의 집에 새 식구를 맞이하느라
분주한 하루를 보낸다

나에게 내려앉은 하늘구름
구름 다리 만들어 준다

소설이 지난 어느 날

산책 중 플라타너스잎 하나
내 앞에 툭 떨어져 앉는다
당당하다
너무 당당해 보여 위를 쳐다보았다
듬성듬성 붙어 있는 나뭇잎들
일제히 환호성을 울리며 손뼉 친다

마지막 가는 길
환호성을 들으며
갈 수 있는 인생이 얼마나 될까?

환희에 찬 늙은 플라타너스잎
비록 쓸리고 밟힐지언정
새로운 도전에 굽힐 줄 모른다
그의 기개가 부럽다

나도 그랬으면 좋겠다

털어 내는 자의 기쁨

바다와 산을 오가며
삶의 여정을 이어 가는
크리스마스 섬의 붉은 게
붉은 무리의 여정에는
해와 달과 바람
우주의 흐름이 함께한다
수많은 무리가 한꺼번에 나와
한곳을 향해서 갔다가
새로운 생명을 품고
태어난 곳으로 돌아가는
경이로운 여정
숙명의 길
우주의 질서에 순응하는 자들
그들에게 주어지는 축복
온몸 다해 만세 춤추게 하니
생명의 비밀이 시작된다
털어 내는 기쁨은
또 다른 시작과 보상이다

탈피

화려하게 빛났던 시간을
벗어 버린 나무들이 가볍다
바람을 따라 소리치며
자유를 만끽한다

주어진 자유를 누릴 줄 아는 자
그는 진리를 아는 자다

성경에 “진리가 너희를 자유케 하리라”
란 말씀이 있다

자유를 갈망하는 자
진리 앞에 나오면
진정한 자유를 누릴 것이다

벗는다는 것은
지금까지 입고 있던
모든 것에서 나오는 것이다
애벌레가 나비가 되듯이

2월의 어느 날

오랜 시간 덮여 있는 이불처럼
무거운 침묵을
무심히 들춰 보니
아직 한겨울의 차가움이 남아 있다

옷을 껴입고
재잘거리는 아이들을 지나
거리를 나선다
차가운 바람이 얼굴을 스치니
얼얼하지만 싫지 않다

카페에 둘러앉은 이들의
끝없는 대화 속에
공허함은 계속되고
허울만 그곳에 남아 웃고 있다

다시 바람이 얼굴을 스치며
마음을 휭 하니 뚫고 지나간다

베일에 가려진 여인들

니스의 어느 해변가
돌들이 쌓여 있는 한 구석에
온몸을 까맣게 물들인 것처럼 하고
앉아 있는 여인
에메랄드 빛 바다와 상반된 모습
사람들이 오고 가지만 요지부동이다
무심히 곁눈질 해 그의 시선을 따라가 본다
지평선 끝을 향해 부르짖고 있지만 파도 소리에 묻혀
사라지고 만다

병풍처럼 둘러 있는 아름다운 어촌마을
광장 한쪽에 실오라기 하나 걸치지 않고 앉아
한곳만 쳐다보고 있는 여인의 동상
무심히 지나다
다시 돌아와
눈이 향한 곳을 따라가 보니
하늘 끝을 향해 타오르고 있다

어둑한 길목
창밖으로 희미하게 새어 나오는 불빛을 따라 가 본다

얇은 커튼 뒤

이리 저리 방황하는 한 여인의 실루엣

꽉 닫힌 문을 활짝 열어

바람 날개 태워

훨훨 날아가게 하고 싶다

이치

매화꽃이 피니
새가 울고
새가 우니
봄이 성큼성큼

봄볕 아지랑이에 취한
아기 고양이
곤히 낮잠 즐긴다

오는 이 막지 말고
자는 이 깨우지 말자
올 때가 있고
잘 때가 있지 아니한가

벚꽃 길에서

활짝 핀 벚꽃 길을 걸어간다
달콤한 바람이 스치며 하는 말
행복하니?

달콤한 유혹에 빠진 꽃잎 하나
내 어깨에 살포시 내려앉아
속삭인다
감사하니?

말없이 걷던 나
울컥 눈물이 솟는다

보석

검은 구름 물들어 비를 뿌리고 간 자리
찬란한 햇빛이 하늘 보석을 내려 준다
무지개 보석이다
나는 노란색 보석이 제일 좋아
아이 눈에는 햇빛이 노란색으로 보이나 보다

친구랑 놀다가 금세 뜻대로 되지 않는지 눈물을 글썽이다
맑은 눈망울에서 떨어지는 보석
반짝이는 햇빛 아래 유난히 선명하게 그 자리를 지킨다
잃어버린 보석을 찾아 언제 다시 오려나…

빨간 장미꽃 한 송이를 받아 들고
꽃이 있는데 왜 나비랑 벌이 안 오는 건지 궁금하다
장미꽃을 물에 넣으며
더 크게 피면 나비랑 벌이 잘 보일 것이라 한다

이 아름다운 보석을 어찌할까
혼자 볼 수도
보이지 않는 곳에 숨길 수도 없고
세상에 드러나야 더 빛을 발하니
노련한 세공이 되어 더욱 빛나게 해야겠다

매미

며칠 잠을 설치게 하던
자명종 소리가 잠을 깨워
떠지지 않는 눈을 감고 가만히 들어 본다
첫 번은 리듬에 맞춰 짧고 강하게
두 번째는 클라이맥스처럼
강하고 조금 더 길게
세 번째는 부드러우면서 더 길게 울며
여운을 남긴다
이상한 놈일세
어제 그놈인가
궁금해 가까이 가 보나
알 수가 없다
분명한 것은 사랑을 찾아 열정을
다 쏟는다는 것
그럴 만도
육, 칠 년이란 긴 세월을 암흑 속에서 기다리다
세상 밖으로 나와 짧으면 15일 길면 한 달 정도 살다 가니
온몸을 불사를 수밖에
그런데 그런 놈이 어찌 한둘인가
어쩐다…
찐- 사랑은 할 수 있으려나

춤추게 하는 것

억수같이 세찬 비가 내리니
밝아야 할 대낮이 어두컴컴한 밤이다
언제 그랬냐는 듯 반짝 해가 뜨기 시작한다
숨죽여 있던 나뭇잎들이 다시 기지개를 펴며
살아 있다는 신호를 보낸다
여기저기서
뚝 뚝…
지나가는 어린아이는 그것을 보고
친구 하자 한다며 함박웃음 지으며
몸을 흔든다

볼록 거울 하나 길거리에 서서
아이를 풍선처럼 부풀게 만들었다
당황함도 잠깐
어느새 이리 기웃 저리 기웃 하며
성난 표정을 하더니
"나는 괴물이다" 한다
마치 해리포터에 나오는
요술 거울 같은가 보다

두 개의 세상 속에서 변화무상하지만
아이의 세상이 부럽다

또 다시 세찬 비가 쏟아지며 어둠을 몰고 오더니
금세 햇빛이 나오며 언제 그랬냐는 듯 우리를 비웃는다
나의 마음같이 날씨가 변덕스럽다
그래도
아이는 춤춘다

손길

작은 옹기 하나가
볼품없이 나뒹굴어져 있다
새로운 옷을 입히니
독보적인 작품으로 탄생된다

열정적으로 혼신을 다한 불꽃은
금세 잿빛이 되어 버렸다
젊음을 받으니
붉은 열정이 다시 솟는다

베어진 나무에 옹이박이가
계급장처럼 달려 있다
아무 소망 없는 듯
무- 덤- 덤
아낌없이 주는 힘에 이끌려
새 생명으로 거듭난다

수가성 사마리아 여인*
여섯 번째 남자와 살지만
남편이 없는 목마른 여인이다

영원히 목마르지 않는

생수 한 모금에

와 보라

외친다

* 수가성 사마리아 여인: 성경에 나오는 여인

발사랑

하늘 닿는 꽃길 위로
사랑이 걸어간다

제일 낮은 곳으로
섬김이 들어간다

눈물이 흐르는 곳에는
위로가 앉아 있다

돌 같은 마음이
주님의 만짐으로 부서진다

숨기고 싶은 발 앞에
따뜻한 손길이 춤을 춘다

함박 웃음 너머에
순종하는 아름다움이 있다

발을 씻기시는 주님 앞에
눈물만 흐른다

덫

욕망아
욕망아
자기합리화란 단어를
핑계 삼아
족쇄를 채우는구나

온갖 산해진미에
눈을 떼지 못하고
달콤한 유혹에 빠져드는구나

사망아
사망아
너는 어디까지 왔니?
그 끝의 너머가
두렵고 떨리는구나

시간의 흐름이 주는 것

별이 되어
깊은 잠에 빠진 그대
그대가 떠난 빈자리에
스산한 바람과 함께
가을비 내려앉아 머물고 있습니다

찬바람 부는 겨울이 오니
외로움이 눈비 되어
뼈마디에 내려 앉아
힘겹게 버티던 기둥을
한순간에 녹여 버립니다

죽은 나무도 살리는 봄의 전령이 찾아오니
마법이 풀린 듯
싹이 올라오고
그 위에 봄비 곱게 내려
새살이 돋게 합니다

푸름과 싱그러움을 재촉하는
여름비가

사정을 아는지 모르는지…
세차게 내려
연약한 살이 찢어집니다

다시 내려앉은 가을비를 가슴에 담고
이제는 일어나
찢겨진 부분을 싸매고
살이 돋아나길 기다리렵니다

하늘 구름을 뚫고
별이 빛나는 그날까지

소소함이 주는 행복

싱크대 위 생선 한 마리
덩그러니 놓여 있다
일주일에 두 번은 그 자리를 지킨다
고등어, 삼치, 굴비…
저녁 식탁을 풍요롭게 하는 것들이다
굽거나 찌거나 튀기거나 해서
김 한 조각 위에 밥 한술 올리고
생선 속살을 발라 그 위에 얹어
김밥처럼 말아 입안 가득 넣는다
아주 완벽한 조합이다
이리 저리 굴리고 씹으면서
맛을 느끼는 모습은
행복하다
왜 이렇게 맛있지?
좋아하는 것을 먹는다는 건
소소함이 주는 큰 행복이다
굳이 파랑새를 찾아 시간을
낭비하지 않아도 된다
시간은 생각보다 빨리 흐른다

우리가 가는 길은

선로가 나란히 평행선을 달린다
인생길도 선로처럼 두 길이 있다
하나는 하늘 길
하나는 땅의 길
두 길은 항상 평행선이다

선로는 때가 되면 교차 선로를 통해
가는 방향을 변경시킨다
인생길도 교차할 수 있는 기회가 주어진다
그 기회는 사람마다 다를 수 있다
그렇지만 기회는 아주 자주 온다
다만 우리가 모를 뿐이다

우린 하늘 길을 꿈꾸며
저 높은 곳을 향하여 걸어가거나
땅만 보며 땅의 길을 걸어가거나 한다
두 길은 결코 만날 수 없다

아는가
길의 선택은
생명을 좌우한다는 것을

나를 위한 발자국

하얀 눈 위 큰 발자국
그 위에 내 발을 포개어 걸어 봅니다
두려움으로 가득 찬 발걸음이
한결 가벼워집니다

아기가 걸음마를 하기 전
부모 발등 위에 발을 포개어 걸을 때
모습입니다

보폭이 작든 크든
누구든지 발자국을 포개는 자는
눈보라 속에도 길을 잃지 않습니다
거친 파도 속에도 마른 땅을 걷듯
평안하게 걸어갑니다

마치 전신갑주를 입은 군사처럼
담대하게
벅찬 경이로움으로

입을 벌리니 노래가 되고

걸음 걸음이 춤이 됩니다
춤에 취하니 옷이 벗겨지는 줄도
모르고 뛰놀고 있습니다

큰 발자국에 발을 포갠 자입니다

추억을 떠나보내며

25년의 시간을 함께 동행한
소중한 친구
품위 있고 멋진 모습으로 내 곁에 왔고
집을 옮길 때마다
너의 큰 덩치를 원망도 많이 했지만
묵묵히 받아 줬지

아무리 고통을 줘도
소리 없이 참아 줬고
외롭고 힘들 때
기댈 수 있게 몸을 내주고
이별의 아픔으로 몸부림칠 때
함께 울었지

지금은
여기 저기 찢기고 갈라진
세월의 흔적만 남았네
아낌없이 주는 나무처럼
다 주고 가는 것이
나의 님이랑 닮았구나

내 마음에
추억의 공간이 또 하나 생겼어
살아가는 것은 공간을 만들어 가는 걸까
공간을 채워 가는 걸까

나는 두 개의 공간을
하나는 채우고
하나는 그대로 두기로 했어

일어나라

큰 북을 울려라
함성을 질러라
횃불을 밝혀라
우리 대장 나가신다
승리는 우리의 것이다

쿰*

잠자는 자들이여
흑암에 갇힌 자들이여
무덤에 있는 자들이여
깨어라
일어나라
우리 왕이 나가신다
승리의 깃발을 들어라

쿰

* 쿰: 일어나다(히브리어)

문

꽝!!
빙산이 떨어져 들어간다

지구의 온도가 올라가니
빙산이 녹아
해수면을 올린다
지구가 위태롭다

빙산이 들어간 자리
우주를 얼린다

아버지 사랑
양아들을 얻기 위해
친아들을 내주신
끝없는 큰 사랑

오직 그 사랑만이
빙산을 녹일 수 있다
지금
그 사랑이
문을 두드린다

사람이 아름다울 때

사람이 술을 마신다
술이 사람을 삼킨다
사람이 삼켜지니
처절한 본능이 용솟음친다
주체할 수 없는 무감각
통제되지 않는 욕구
무너지고 부서진다

가면이 벗겨진다
벗겨진 가면 뒤에 비친
일그러진 또 하나의 가면
얼마나 벗겨져야
생명 그 자체가 드러날까?

누구나 가면을 쓰고 산다
가면 쓴 모습도 내 모습
벗겨진 모습도 내 모습
모든 것을 끌어안을 때
아름다운 모습이
드러난다

착각이 주는 달콤함

죽을 만큼 사랑을
해 보지 않으면
사랑을 논하지 말라고
하는 이들도 있다
사랑의 온도차는
저마다 다르다
모두들 자신의 사랑만이
죽을 것 같고
아름답고
최고라고 말한다
착각이 아닐까?
그래도
나는 착각 속에
살고 싶다
사랑받고 사랑하는 것
어린아이가 사탕
하나에
울음을 뚝 그치듯
우리 삶에 달콤함을
더하는 것

꿈

아이야!
일어나 꽃 보러 가자

고운 옷 입고
꽃신 신고
아이야!

개나리, 진달래, 벚꽃
샤프란, 다알리아
로즈마리, 장미…

희망의 나라
해가 지지 않는 곳
한번 피면 지지 않는
영원한 곳으로

손에 손 잡고
사랑의 노래를
목청껏 부르자

아이야!
꽃 보러 가자

마리아*

나의 사랑
나의 어여쁜 자야

늘 내 발치에서 나의 말을
사랑스러운 눈으로 듣는
나의 사랑
너의 깊은 눈망울 속에
내가 들어 있구나

나의 사랑
나의 향기야

지치고 먼지투성이인
나의 발을
향기 나는 기름으로 바르고
눈물로 씻고
머리카락으로 닦아 주었지

너의 향기는
저- 하늘이 내려올 때까지

영원히 사라지지 않을 것이다

나의 사랑
나의 신부야
나와 결혼하자
에덴동산에 아담과 이브처럼
사랑의 밀애를 마음껏 나누자

나의 사랑
나의 꽃이여
나의 영원한 사랑이여

* 마리아: 사랑받는, 고귀한, 아름다움(어원: 이집트어)

베레모를 생각하며

안녕!!
처음 너를 만났을 때
홍분되어 눈이 크게 떠졌지
누구에게나 몸을 주지 않지만
네가 선택한 이에게는
최상의 만족을 주었어

누구나 너를 만나면
젠틀맨이 되는 멋진 마술을
부렸지
너는 사람을 자존감이
넘치게 하는 재주를 가졌어

어느 날
창가에 홀로 있는 너의 슬픔을 봤어
그 슬픔이 너무 커
감히 다가가지 못했지
금방이라도 폭발할 것 같아
두려웠으니까

이별의 아픔
나는 그 슬픔을 알아
그리고 아픔만큼
성숙한다는 것도…

지금은 또 다른 사람을 만나
온몸을 불태우겠지
너의 선택을
응원할게…

화장하는 여자

거울 앞에 앉아 자신의 얼굴을 보며
미소 짓는다
흥분한 모습으로 재료들을
이리저리 만져 보며
콧노래를 부른다

정색을 하고
기초화장을 하더니
그림을 그리기 시작한다
눈썹, 눈, 코, 볼, 입술
바르고, 그리고, 지우고를 반복한다
섬세한 손놀림은
콧노래에 맞춰 더욱 정교해진다

또 다른 여자가 거울을 보고 웃고 있다
무슨 일이 벌어진 걸까?
여자는 한동안 만족감에 취하다
셀카로
자신에게 선물한다

그녀는 메이크업 아티스트
아름다움을 완성하는 일을 한다
좋아하는 일을 하는 이는 아름답다
나는 글 쓰는 일을 좋아한다
지금도 글을 쓰고 지우고
쓰고 지우고…

여자는 오늘도 화장을 하고 지우고
하고 지우고…

가을이 오는 소리

여름 매미 소리가
긴 시간 잠자러 간 자리
작고 연약한 긴꼬리쌕쌔기, 귀뚜라미
풀벌레들이
깊고 가련한 가을 향연을 시작하니

무성한 나무들이
앞다투어 옷을 갈아입는
분주한 소리
태양을 향해 고개 돌린
곡식과 과일이
터질 듯 영글어 가는 소리

코스모스, 갈대, 억새
듣기만 해도 가을을 느끼는
애잔한 것들이
바람과 함께 가을 노래 하는 소리
가을이 주는 멋진 풍경이다

이제는 이 소리가 들리고

보여서 얼마나 감사한지…
살아간다는 건
내일을 향해 한걸음 나아가는 것
들려오는 소리에 귀 기울이는 것

하늘은 높고 푸르고
스치는 바람은 정겹다
가을이 오는 소리는
공허한 마음이 채워지는 소리

파랑 눈물

울고 있습니다
파랑 아이가
파랑 눈물을 흘리며
울고 있습니다

맑은 눈물을
흘리고 싶은데
자꾸만
파랑 눈물만 흐릅니다

왜 그런지
이유를 모르겠습니다

더 슬피 울어 보지만
파랑 눈물만
흥건히 옷을 적십니다

지나던 구름이
멈추어 비를 뿌립니다

파랑 눈물이
지나간 자리
하얀 옷이 보입니다

또다시 아이는 웁니다
투명한 맑은
눈물이 흐릅니다

그제야 아이는
하얀 미소를 보입니다

선으로 보는 세상

하얀 도화지 위 중앙에
선을 그어 놓으니
선이 열려 밖을 보게 합니다

조심스레 바라보니
조각나고 일그러진 얼굴들
이리저리 흩어진 참혹한 참상이
지나간 시간을 말합니다

또 다른 곳으로 눈을 돌려 봅니다
온갖 가면을 쓴 얼굴들
비웃으며 조롱하고 있습니다

또 다른 곳으로 눈을 돌려 봅니다
많은 사람들이
영혼 없는 몸짓을 하여
자세히 보니
자신의 바벨탑을 쌓느라
혈안이 되어 있습니다

또 다른 곳으로 눈을 돌려 봅니다
고통 속에 울부짖는 아이들이
살려 달라고 애원합니다
누구 없어요!!

그만
선은 닫히고 맙니다

잠시 후
사닥다리 하나 내려옵니다

산책길

아빠와 십대 아들이 손 잡고
나란히 걷는다
심쿵!!
아빠가 아들보고
"요즘 힘들지" 하고 묻는다
미소를 짓게 한다
대답도 듣기 전에
설교가 시작된다
심장이 쿵!

어느 대학 교정 한 모퉁이에
고택이 자리하고 있다
굳게 닫힌 철창문을
볼 때마다 언제 저 문은
열릴까 생각이 든다

마음의 빗장을 채우면
열리기 힘들다
때를 기다린다는 건
발을 맞춰 걷는 것

오감

봄 봉숭아꽃 손톱에 물들이고
가을 오색 단풍잎
색동 옷 물들이네

가을 운동회 박 터지는 소리는
아이들 춤추게 하고
타닥 타닥 낙엽 태우는 냄새는
추억을 타고 올라가네

엄마 품에 안긴 아기는
줄줄 흐르는 생명수 먹으며
무럭무럭 자라고

단단하게 영글어 가는
청춘은
건드리기만 하면
툭-
터지는 홍시

가을편지2

가을이 무르익어 가는 10월의
마지막 날입니다
10월의 마지막 날은 의미 있게
보내야 한다는 말이 기억나네요
손이 시려운 이때
항상 따뜻한 당신의 손길이
그립습니다

바람이 불어 낙엽이
우수수 떨어지는 모습을 보고
바람 불어도 좋은 날이라 했죠
뭐가 그리 좋았을까요

당신은 당신의 방법대로
사랑을 하고 떠났죠
그땐 이해가 되지 않아
갈등과 원망도 많이 했는데
이제는 이해가 됩니다
그것이 사랑이었다는 것을

물속에 비친 모습에도
스쳐 지나가는 바람과
흔들리는 갈대 숲속에도
이 계절에 당신은 없네요

가을의 깊이만큼이나
외로움의 깊이는
겹겹이 쌓인 산속의
수묵화 같네요

가을에 핀 진달래꽃

사각 사각
바스락 바스락
가을 단풍 익어 가는 소리

홍겨운 소리에 깜짝 놀란
갈참나무 사이 진달래꽃
잠이 깨어
얼굴을 빼꼼히 내밀어
신세계를 경험한다

아직 때가 안 됐는데 선잠을 잤나…
훈훈한 가을바람에 착각했나…

나의 궁금함을 아는 듯 모르는 듯
춤추며 가을 풍경에 취해 있다

비바람이 분다고 했는데
된서리를 맞지나 않을지…

잊을 수 없는 경험은

어떤 역경이 와도 견딜 만한
값어치가 있을 것이다

그래- 이왕 왔으니
떨어진 낙엽을 양탄자 삼아
넓은 세상을 날아가며
마음껏 누리고 갔으면 좋겠다

그리고
새로운 세상에 대한
꿈을 꾸며 살았으면 한다

스쳐 지나가는 아름다움

기차 여행을 한다
눈부신 빛 사이로 비춰진
황금 들판은
어느새 까까머리로 염색되어
엷은 황적색 대지로 변했다
그 위에 덩치 큰 하얀
마시멜로가 놓여 있으니
진풍경이다
스쳐 지나가는 모습이
고적한 아름다움을 선사한다

창밖으로 스치며 지나가는 간판
잉꼬 가든
잉꼬부부는 다정하고 금실 좋은
부부를 비유적으로 이르는 말인데…
사랑 앵무 정원이란 뜻인가?
알 수 없지만 스쳐 지나가니
정겹고 아름답다

어두운 터널을 지나간다

이 터널이 두렵지 않는 것은
터널을 지나면 반드시
눈부신 태양을 볼 수 있기 때문이다
터널 또한 스쳐 지나가니 아름답다

스쳐 지나간다는 것은
때론 삶의 무게를 가볍게 하는
방법이기에 더욱 아름답다

몸부림친 흔적

잔가지들과 나뭇잎이
이리저리 흩어져
초라히 부서져 있다

어젯밤
요란한 비바람이
몸부림치며 지나간
흔적이다

삶에 거추장스러운 부분을
도려내듯
내 몸부림에 그 누군가
부서진다는 것을 알고나 있을까

누구나
작거나 크거나
흔적을 남기고 살아간다
그 흔적이 무엇인가에 따라
불편하지만 삶의 척도가 된다

이렇듯
모든 삶의 고리는 사슬처럼
연결되어 있다
연약하지만 강한
거미줄처럼

뜻밖의 행운

햇볕 잘 드는 곳에
참나무과에 속하는 크지 않은 낙엽수
낙엽이 다 떨어지고
마지막 잎새만 몇 가닥 남은 곳에
장미 넝쿨이 올라가 장미꽃을 피우니
장미 나무가 되었다

담장 옆에 있다는 이유로
그는 장미에게 자신을 내어 주고
불편함을 조금 참았을 뿐인데
이렇듯 때 아닌 호사를 누린다

평생 꽃도 피어 보지 못하고
죽을 운명인데
꽃의 여왕
장미를 피울 수 있어서
덤으로 사는 맛을 입동이 지난
지금도 누리고 있다

때론 조금 내어 준 자리가

큰 보상으로 돌아올 때
살맛 나는 세상이라고
말한다

그렇지 않을지라도
삶이란 가치 있고 아름답다

내가 지탱하는 것

라디오에서는
G선상의 아리아가
피아노 선율을 타고
날아오르고 있다

아스라이 지는 해는
엷은 잿빛을 남기고
산 너머로 숨어 버린다

어둠 속에 불빛 행렬은
움직이는 별빛이 되어
달빛을 향해 타오르고 있다

밀려오는 적막감은
삶을 정지시켜
무중력 상태가 되게 한다

탯줄 하나에 의지한
자궁 속의 태아처럼

비눗방울

텃밭에 심은
가지와 토마토를 담아
담장 너머 친구에게
선물 주러 이리저리 뒹굴뒹굴
소풍 가듯 날아간다
국화꽃 향기를 담은
작은 오색 무지개
친구들과 여행을 가다 지친 듯
소나무에 걸쳐 쉬어 간다
주저앉아 작은 벌레들과 함께
놀고 있는 비눗방울
마냥 즐겁고 천진스럽다
시간이 지나
모두들 있는 자리에서
사라져 버리니
연극이 끝나고
텅 빈 객석만 남듯
주위에는 정적만 흐른다

잠자리가 날다

밤하늘 위로 바람을 따라
낙엽이 날아다니며 곡예를 한다

불빛 사이로 비치는 그 모습을 보고
아이는 "잠자리가 날아다닌다"라며
한참이나 하늘을 쳐다보며
웃음 짓는다

바람을 따라 하늘과 땅이라는
넓은 공간에서
이리 저리 무리 지어
여행 다니는 모습이
자유롭다

그들은
이념, 계급, 종교…
모든 편견을 벗어나
오직 주어진 삶에 충실히
살아가는 것뿐이다

바람이 불면 바람을 따라
눈이 오면 눈과 같이
비가 오면 비를 맞으며

그렇게 스며들어
거름이 되어 새싹을 틀 것이다
변함없이

예상치 못한 경험

설렘을 안고
목적지가 있는
기차 여행을 한다

책을 보다가
갑자기 무엇에 홀린 듯
조치원 역에 내려 버렸다

그때까지 몰랐다
발길을 옮기면서
느낌이 안 좋아 혹시나 해서
차표를 보니 불시착이다
당황스러움에 타고 온 기차를 보니
이미 흔적을 감추었다

처음 온 곳이라 방황하고 있는데
엄마 손을 잡고 있는 초등 여자아이가
"안녕하세요" 인사한다
전혀 모르는 나에게…

"안녕" 인사를 받아 주니
엄마가 나선다
엄마보다 나이가 많아 보이는
어른에게 인사를 하라고 교육을
한다는 것이다
내가 지금 몇 세기에 살고 있지?

혼란스러운 마음에
따뜻한 마음을 안겨 준
그들로 인해
큰 날숨 한 번 쉬는 소중한 순간이다

기도1

주여!
가을 끝자락을 지나
겨울 문턱을 넘어서니 바람이 차갑습니다
강하고 부드러운 햇빛을 적절히 주셔서
풍성한 열매를 맺게 하시어
추수의 기쁨으로 한숨 돌리게 하시니 감사합니다

주여!
차가운 길을 걸어가니 곳곳에서 찬바람이
들어와 살을 에는 아픔들이 보입니다

입을 것이 없어 이것저것 걸쳐 보고
팔목과 발목을 당겨 보지만 소용이 없어
낙심하고 힘겹게 추위와 싸우는 자들에게
맞춤옷이 주어져 평화를 유지하게 하소서

배고픔으로 잠 못 드는 이들에게
오병이어 기적을 베푸셔서 긴 밤을
뒤척이지 않고 깊은 잠이 들 수 있게 하소서

낮의 태양 빛을 주실 때 더 강하고 더 깊게 주셔서
오랫동안 불을 지피지 못할 때도
따뜻한 온기가 하루 종일 집안에
가득하게 하소서

그리하여
칼바람이 불어오는 이 겨울 끝에는
저물어 가는 석양이
노을빛 여운을 남기듯
주님의 빛 여운을 남기소서

영정사진

꼭꼭 숨겨 두었던 사진을 꺼내
벽에 걸었다
활짝 웃는 모습 사진은
손자 백일 때 찍은 사진이다

떠나보내는 날에 모두 이 사진을 보고
더 오열했고
지인들은 믿어지지 않는지
헛웃음만 연거푸 했다
이제껏 사진을 볼 용기가 없어서
서랍 깊숙이 넣어 두었다

하늘의 뭇별처럼 많은 사람들 속에
아주 작은 한 점이지만
천하보다 귀한 존재였고
사랑받는 자녀였고
존경받는 아버지였고
신뢰받는 남편으로서
큰 별이었음을 의심하지 않는다

한 생명이 태어나고 죽는 것은
우리의 영역이 아니기에
기쁨과 이별은 더 크고 무겁다

선물 같은 많은 추억이 쌓여 있지만
펼쳐볼 용기가 없었는데
이제는 마주 보며
화양연화의 때를 그려 보려 한다

선재도

평균 나이 오십대 후반
1박2일 여행을 왔다
모두들 설렘을 안고 등장하니
하얀 이를 드러내듯
갯벌이 속살을 드러내며 우리를
반긴다

일상을 벗어 버린 해방감
자연이 주는 여유로움
사람들이 주는 기쁨

이 모든 것이 아우러져
낙엽 구르는 모습만 봐도
웃을 수 있는 십대가 된다

소리없이 밀려오는 바다도
우리의 벗어난 일상을 축복하듯
미소 지으며
갯벌을 가득 채운다

떠날 때
갯벌이 속살을 또 드러내며
한껏 매력을 발산한다

강한 인상을 남겨
기억의 한 모퉁이에 각인시키듯…

한 잔의 커피

덕수궁 돌담길을 돌다가
진한 커피향에 끌려
카페에 들렀다
작고 아담한 곳인데
드립으로 커피를
내려 주는 곳이다

조심스레 한 모금 입에 넣으니
꽃과 과일향이
온 몸을 감싸안으며
위로한다

부드러운 바디감은
사랑스런 여인의 향기 그 자체
헤프지 않은 도도함
쌉싸름한 신맛
완벽한 조화에 한동안 미소 짓는다

귀부인의 우아함을
아낌없이 보여 주는

내가 좋아하는 커피

돌아가는 발걸음이
더욱 가볍고 우아하다
커피 한 잔이
나의 하루를 변화시킨다

엄마의 꿈

혼자 온갖 고생을 하며
아이 꿈을 위해
하루 24시간도 모자랍니다
하루 종일 엄마가 없어도
아이는 행복합니다
더 큰 꿈을 위해
아이를 떠나 다른 아이들을
키우게 되었습니다
아이는 버림받아
더 이상 행복하지 않습니다
선택이란 때론 너무 큰 아픔을
주어 꿈이 사라지게 합니다
엄마는 꿋꿋하게 이겨 나가며
아이의 꿈을 이루려 합니다
아이는 엄마 바람대로 꿈을 이루어
멋진 성인이 되었습니다
둘에게는 아직 풀지 못한 숙제가 있는데
엄마는 훌쩍 떠났습니다
아이는 매일 몸부림치며 밤을 샙니다
당황한 엄마가 하늘의 뜻을 어기고

내려와 아이를 달랩니다

괜찮다고…

잘 하고 있다고…

그 후 아이는 일상으로 돌아가는

용기를 얻어 삶을 지탱합니다

엄마는 꿈을 이루었지만

아이를 영영 잃어버립니다

그래도

엄마는 행복합니다

아이가 웃으니까요

추운 하루

세찬 바람과 눈이 휘날리는 거리에
까치 한 마리
자기 머리만 한 빵 조각을
입에 물고 눈이 쌓인 담 위에서
총총 걸음을 재촉하며
행복한 고민에 빠져 있고
길가에선 비둘기 떼가 남은 빵 조각을
차지하려고 치열하게 소동을 벌인다

많이 가져 힘 있는 자
힘 있는 자 더 채우려 하고
적게 가져 힘겨운 자
힘겨운 자 것을 빼앗으려는 자

많이 가진 자나 적게 가진 자나
배고프기는 매한가지

어느새 잿빛 하늘에 해무늬가 드러나고
어렴풋이 보이던 붉은 해는
잠시 선명해지지만

찬란하게 빛나는 낮의 열기가 없기에
화려한 노을이 되지 못하고
조용히 사라지니

다시 잿빛 하늘이 드리워
을씨년스러움을 더한다

꽃길을 걷는 여자

낫의 열기가 갈가리 찢겨
저녁 하늘을
화려하게 수놓아 물들이는
노을 속으로
여자가 걸어간다

그의 가는 여정은
자갈 길
가시밭 길
좋은 길 등…
손 잡아 주는 이가 있어
꽃길이었다

또다시
세월이 주는 아름다움의 옷을 입고
간간이 부는 바람에
즐거움의 스카프를 날리며
어떤 길이든 거뜬히 넘을 수 있는
슈즈를 신고
추억의 보물을 가득 담은

핸드백을 어깨에 메고
길을 나서니

아름다운 꽃들이 앞다투어
길을 내주며 속삭인다
함께하자
나의 어여쁜 자야

그대 슬퍼하지 마오

꺼져 가는 등불처럼
힘없이 바라보는
초점 잃은 눈동자

온힘 다해
눈 맞춤 하려
애쓰는 모습이
역역하다

혼자 남겨질
사랑하는 사람을 향한
연민의 정

눈에 담아 가려는 듯
찬찬히 바라보며
애잔한 눈빛을 보낸다

잊혀야만 살 수 있다
하면서 잊지 말고
살라 한다

슬픔을 주고 가면서
슬퍼하지 말라 한다

마지막
눈 맞춤으로
우주를 담아 간다

고백

나는 당신의 여인입니다

당신과 함께 있으면
가난하지만 부요합니다
포로된 자이고
눈먼 자이고
눌린 자이지만 자유한 자입니다

나는 당신의 여인입니다

당신의 마음이 있는 곳에
나의 마음이
당신의 눈이 머무는 곳에
나의 눈이
당신의 눈물이 있는 곳에
나의 눈물이
당신의 웃음이 있는 곳에
나의 웃음이 있습니다

나는 당신의 여인입니다

당신의 꿈이 나의 꿈이고
당신의 기다림이
나의 기다림입니다

나의 영원한 사랑
당신의 완성이
나의 완성입니다

빛과 그림자

강한 자는 부러질지언정
굽히려 하지 않고
다가오는 냉철함 뒤에 숨겨진
숨은 그림자

베일에 쌓인 신비함을 드러내며
다가오지만
강인한 내면 뒤에 숨겨진
숨은 그림자

보이는 빛만 바라보는
오만과 편견으로
더- 깊게
짙은 그림자가 드리워진다

용광로와 같은 불길이
타오르는 마음을
집어삼키니
재가 되어 나온다

그제야 그림자도 빛처럼
중요하다고 품어
두 개의 심장이 하나로
함께 뛴다

갈라진 세상이
하나가 된다

소리 없는 함성

하염없이 바위에 앉아 바다를
품는 노부부
태양 빛을 받아
반짝이는 보석으로 일렁이는 그 속에
삶의 애환이 서려 있다

어릴 적부터 놀던 놀이터
젊었을 때는 보물 찾는 놀이터
늙어서는 자식과 함께하는 놀이터

자식이 그 속에 들어가
보물을 찾느라 아직 나오지 않으니
품을 수밖에
같이 놀 수밖에

아침에 나가 저녁에 돌아오는
무거운 발걸음
집에 들어가자고 아무리 소리쳐도
돌아오지 않는 철없는 자식

채워지지 않는 마음을 누가
만져 줄까
무엇이 채워 줄까

잃어버린 보물을 찾으러 그곳을
날마다 가서
보고 또 보고
숨기고 또 숨긴다

오늘도 소리 없는 함성이
바다를 울린다

침묵을 지키는 자 앞에서

불러도 대답 없는 이름들이
누워 있는 곳
저마다 한 세상을 풍미하다
말없이
아니 말할 수 없어서
침묵을 지킨다

그들을 일으켜서
하고 싶은 말이 무엇이냐
물으면 뭐라고 대답할까?

물은 차고 넘치는데
먹을 물이 없어서 갈증을 느끼듯
말의 홍수시대에 살면서
말을 못해 죽어 간다

눈 덮인 산이
산등선과 골짜기를
선명하게 드러내니
묻혀 있던 선들이 고개를 든다

온갖 더러운 것들을
다 묻어 버리고 깨끗하게
다시 태어나듯
우리의 언어 또한
정화되어 나오면 어떨까

말을 할 수 없는 이들 앞에
서 있으니
부끄러움이 앞선다

가련함이여

태양 빛이 사라진 끝에
화려한 네온사인이
그 자리를 채우니
숨죽여 있던 불나비
불길 따라 춤추며
파랑새를 쫓는다

빛과 어둠은 공존하고
때론 양의 탈을 쓴
늑대에 속아
불편한 진실에 몸서리친다

가짜 빛에 이끌려
화려한 춤을 뽐내는
길 잃은 새 한 마리
밤낮 없이
오늘도 불태운다
멈출 수 없는 빨간 구두처럼

가련함이여

변화의 물결

오랜만에 보고 싶은 사람들과 만나는 날
소풍날 아침처럼 설렘을 안고
길을 떠난다
지나치는 거리가
마치 다른 나라에 살다가 온 것처럼
낯설다
물들지 않을 것 같던 나무들이
하루가 다르게 물들어 가는 모습만이
눈에 익은 듯 정겹다
오랜 지인을 만나 맛있는 음식을 먹으며
수다를 떠는 것 또한 소소한 행복을 누리는
큰 위로다
세상은 바람의 세기와 방향에 따라
모래 물결을 만들어 내는 사막 언덕처럼
변화가 빠르지만
간간이 멈춰 버린 시계처럼 정지되어 있기에
그 긴 변화가 숨을 쉴 수 있을 것이다
즐거운 소풍을 만끽한 소녀는
또 다른 낯설음을 받아들이고 적응할 것이다

플라멩코

스페인 안달루시아 식당
테이블에 둘러앉은 이들
화려한 불빛
원색의 드레스
삶을 드러내는 자들

강렬한 기타 선율이
뿌리가 뽑힐 듯한 강한 마력을 부리며
앉아 있는 이들을 빨아들이니

펄럭이는 치마 속으로
하나씩 하나씩
빨려들어 가
그들의 허리를 감싼다

조여진 허리는 느슨하게 풀어지고
서로가 얼싸안고 함께
리듬에 맞춰 춤을 춘다

돌고 또 돌고

뛰고 또 뛰고
홍건한 땀방울이
빗물이 고이듯 고여 들 때

불타는 에너지가 소멸되고
처절한 회한만 남아
공허한 공간을 치며
고여 든 땀방울을 흡수한다

기쁨이여 슬픔이여
관능이여 열정이여
그대 이름은
플라멩코

비 오는 오후

봄을 재촉하는 비가 촉촉이 내리는 날
우산을 쓰고 걸어가는 길
모진 겨울을 견뎌 낸 단풍잎이
길 위에 떨어져 비를 맞는다

책갈피를 해 달라는 듯
반듯하게 누워
발길이 멈춰지길 기다리지만
애달픈 마음을 알면서도 그대로 지나친다

움푹 파인 웅덩이에 빗물이 고여 있다
지나가는 차가 사정없이
물을 튕겨 가방과 옷을 더럽힌다
배려 없는 자동차의 잘못일까
사람의 잘못일까
방심한 잘못일까
끝내 결론도 내지 못하고 기분만 상한다

그럼에도 불구하고 비 내리는 오후
빗속을 걸으며 우산이 있어 다행이다

보는 것을 외면한다는 것
보이지 않는 것을 추구한다는 것
모험이고 삶이다

모두가 처음 가는 길이기에
비 맞은 단풍잎처럼
끝없이 기다리며 기대하니
소중하게 여겨 주길…

풍경

달아나 버린 겨울 끝의 여정 길에
밤새 수북하게 하얀 눈가루를 뿌려 주니
그 흔적으로 온 세상은
하얗게 물들고
동화에나 나올 듯한 풍경에
한 번쯤 몽상가가 되어 본다

힘겹게 늘어진 나뭇가지는
애써 태연한 척 호기로이 버티고
새 생명을 준비하던 배화나무는
잉태하기도 전에 소멸될까 봐
애가 쓰이고

세상에 태어나 처음 눈송이를
맞이하는 아이는
솜사탕 한입 먹듯
한 움큼 집어 입에 넣고
부르르 온 몸을 떤다

작은 가지 위에 앉은

동고비 텃새들은
물을 먹으러 내려가지
않아도 되는 한 가지 기쁨으로
이리 저리 춤추며 노래한다

겨울 끝이 준 특별한 선물은
내가 꿈꾸던 풍경

기도2

주여!!
긴 터널의 끝에 온 듯
겨울의 끝이 보입니다

짧은 태양 가운데서도 좀 더
깊은 낮의 햇살로 어루만져 주시고

날카로운 송곳으로 온몸 곳곳을
찌르는 아픔 속에서도
찔린 곳을 싸매 주시는 따뜻함을 주시고

얼음물에 담근 발이
차갑다 못해 저린 아픔에도
이길 수 있었던 것은 감싸는 포근함이
있었기 때문입니다

이제
새 길을 여시는 문턱에 와 있습니다
밭을 기경해야 하고
씨앗을 뿌려야 하고

움이 터야 하고
새 생명이 탄생해야 합니다

이를 위해
낮의 해와 밤의 달
때를 따라 내리는 이른 비와 늦은 비
맑은 공기를 몰고 지나가는 바람과 함께
주의 손길이 필요합니다

주여!
그리하여
창고가 가득 찬 복을 누리게 하시고
들어가나 나가나 축복의 통로가 되어
다가오는 봄에는
주의 빛이 온 땅에 퍼지게 하소서

꺼지지 않는 불꽃

양화진 외국인 선교사 묘지를 보며
150여 년 전으로 시간 여행을 떠나 본다

버려진 땅
작고 미약한 곳
이상한 나라

이곳을 향하여
"내가 누구를 보낼꼬"라는 음성을 듣는다
음성에 반응하는 자
피 끓는 젊은 청춘은
그 당시에 이상한 나라는
땅끝이라 생각했으리라

오랜 시간 미지의 땅으로 향하는 마음은
두려움, 기대감, 사명감, 꿈…

우주인이 우주에 첫발을 딛듯
미지의 땅에 첫발을 딛는 순간
총 부리
적대감, 두려운 눈빛, 초췌한 몰골
이방인에 대한 호기심…

굳게 닫힌 쇠문 빗장

당황스러움, 불쌍함, 긍휼함으로
마음이 아팠으리라
발을 딛기도 전에
움직임은 끝이 나고
속절없이 사라져 버렸다

이해할 수 없는 상황
무엇을 위해 아름다운 청춘이
이상한 나라에서 말 한마디 못 하고
사라졌을까?

그들이 남긴 소중한 유산이
소멸되어 버린 줄 알았는데
그것이 벽지가 되어 다시 살아난다

한 알의 밀알이 땅에 떨어져 썩으니
백 배의 열매를 맺듯
이상한 나라는
또 다른 이상한 나라에 한 알의 밀알이 되어
영원히 꺼지지 않는 불꽃처럼 타오르고 있다

디아스포라

넓은 그림의 지도가 펼쳐진다
지각 변동으로 그림이 하나씩
쪼개지며 다른 그림이 그려진다

자의든 타의든 상관없이
그림은 또 다른 두드림과 상처로 물들어
구겨지고, 찢겨지며 변색되고 혼합되어
새로운 색과 모양으로
더 구체화된 그림을 만들어 낸다

그림을 그리는 자는 쉽게 그린 듯하지만
점점 세분화되어 가는 그림은
선 하나, 점 하나
서로의 기득권을 차지하려고
전쟁은 선포되고 그 속 색채들은
이리 쪼개지고, 저리 쪼개져
폭풍에 휘둘리는 바닷속 풍경처럼
상처와 고통뿐이지만
그 속에서 다시 생명은 이어 간다

시간의 흐름 속에
또 다른 지각 변동이 일어나
그림이 그려지니
수많은 형태의 작은 점들이
변형된 모습으로 새로운 넓은 지도가 그려진다

그림이 그려진 지도는
좋은 그림인지, 나쁜 그림인지 알 수 없는 일
다만 알 수 있는 것은
우리 모두는 이방인이고 나그네란 것

산수유 꽃

매서운 겨울의 한파와
꽃샘 바람도 견디며
이른 봄에
노란 몽우리를 피어 올리는
강인한 사랑의 꽃

유혹할 만한 아름다운 자태도
눈길을 끌 만한 맵시가 있는 것도
화려하여 사람의 마음을 흔들지도 않지만
"영원히 변치 않는 사랑"이란
꽃말을 가진 산수유 꽃

머리가 희끗희끗한 나이
산전수전 다 겪은 나이
나이만큼 얼굴의 주름이 깊은 모습
그들이 모인 곳
잘나고 못난 자식 이야기에 시간 가는 줄 모르고
장단 맞춰 주느라 시간 가는 줄 모른다

자식을 향한 강인함

화려하지 않지만 묘한 매력
영원히 변치 않는 사랑의 꽃말이
우리들의 어머니와
닮은꼴이다

어둠 속의 달빛

무서운 야수가 아이를 쫓아온다
전력 질주하는 아이를 위해
바람이 막아 주고
나무가 막아 주고
풀들이 막아 주니
야수에게 벗어날 수 있었다

무서운 꿈을 꾼 것처럼
온몸이 녹아내리고
비 맞은 것처럼 흥건하게
옷이 젖어 버렸다

젖은 옷을 벗어 던지고
호수 위로 몸을 실었더니
샘물이 솟아나 받쳐 주고
별빛 무리가 모여 감싸 주고
달빛이 내려와 심연의 세계로 이끈다

꿈이 현실이 되고
환상의 세계가 열리고
월광 소나타가 울려 퍼진다

은혜

아침에 눈을 뜨고 창밖을 보니
겨울왕국이 그려져 있다

동화속 주인공이 되어
이리저리 활개치다 하늘을 보니
나를 향해 미소 짓고 있다

찐한 여운을 남긴 붉은 해를
살포시 감싸안은
엷은 구름

수고했다
괜찮다
토닥토닥

커텐이 드리워지니
"은혜"란 단어가
온몸을 감싼다

밤에 피는 꽃

낮의 열기가 식어 가는 소리
별빛이 흐르는 소리
어둠이 춤추는 소리
사막모래가 귓속말로 재잘거리는 소리
우주의 기운이 멈춰 버린 듯
모든 소리는 무음으로 들려 온다

깊은 심연의 고요함 속에
사와로 선인장 안에서 정적이 깨진다
불꽃놀이를 하듯
팡파레를 울리며 밤에 꽃이 피어난다

오랜 기다림이 화려함을 더하고
축적된 인내가 향기를 더하니
어둠이 빛으로 환생한 듯
잠자던 모든 대지가 기지개를 편다

목말라 있던 생명들이
무서운 가시방패도 아랑곳 않고
치열한 경쟁 속에

온몸 다해 탐익하며 빨아들이느라
밤의 소리는 생기가 넘친다

뜨거운 태양을 피해
밤에 피어야 하는 애달픈 운명
오랜 인고의 시간을 지나야
생명의 씨를 뿌릴 수 있는 강인한 운명

그로 인해
우주가 움직이니
사막은 오늘도 잠을 자지 않는다

오늘

오늘
어떤 이는 즐겁게 웃을 것이고
어떤 이는 슬픔으로 눈물이 얼굴을 적실 것이고
어떤 이는 상처로 인해 뼈가 아릴 것이고
어떤 이는 상처를 주며 제 살을 깎을 것이고
어떤 이는 실타래가 얼기설기 엮어질 것이고
어떤 이는 실타래가 한 올 한 올 풀릴 것이고
어떤 이는 하늘 높은 줄 모르고 올라갈 것이고
어떤 이는 땅이 꺼지는 자괴감을 느끼며 내려갈 것이고
어떤 이는 문을 박차고 나올 것이고
어떤 이는 문을 열고 들어갈 것이고
어떤 이는 소중한 인연을 만날 것이고
어떤 이는 인연인 줄 알았는데 헤어질 것이고
어떤 이는 조금 먹어도 배부를 것이고
어떤 이는 먹어도 먹어도 배고플 것이고
어떤 이는 작은 일에도 감사할 것이고
어떤 이는 큰일에도 원망할 것이고
어떤 이는 여러 겹 껴입어도 추울 것이고
어떤 이는 얇게 입어도 따뜻할 것이고
어떤 이는 갑자기 건강을 잃을 것이고

어떤 이는 잃었던 건강을 다시 찾을 것이고

어떤 이는 진흙탕 길을 걸을 것이고

어떤 이는 근사한 꽃길을 걸을 것이고

어떤 이는 비를 맞을 것이고

어떤 이는 비를 피할 것이고

어떤 이는 고귀한 생명을 잉태할 것이고

어떤 이는 고귀한 생명을 잃을 것이다

어제의 오늘이 다르듯

오늘의 오늘이 다르고

내일의 오늘이 다르기에

누림은 선물이다

설레는 나이

내 나이 육십오 세
이 나이가 되어 보니
사회적인 혜택이 무려 오십여 가지나 되어
처음 시작하는 설렘이 있다

젊은이들에게는 노인이라고 일컫지만
연세 많으신 어르신들에게는
"젊음이 좋다"라는 소리를 듣는
노인 같지 않은 노인이라 설렌다

이 나이가 되어도 여전히
설레는 사랑을 하고 싶고
맵시나게 옷을 입고 싶고
자기 관리를 잘하는 멋진 사람을 보면
부러워하며 본받고 싶어진다

아침 햇살을 받으면 여전히
가슴 두근거리는 다짐을 하고
노을이 지는 모습을 보면
애절한 슬픔이 무겁게 가라앉지만

중력의 법칙으로
서로를 잡아당기니 그것 또한 설렘의 법칙이다

한발 물러서서 볼 수 있는 나이
보듬을 수 있는 나이
경험을 공유할 수 있는 나이
다시는 경험하지 못할 설레는 이 시간들
어머니의 젖줄인 우리의 강처럼
흘러넘치길 기대해 본다

그를 향한 노래

고요한 실바람을 타고 꽃잎이 남실대는
숲속에서 눈을 감아 본다

가녀린 새순이 태양 볕에 숨죽이고
겹겹이 갈라진 껍질 속에 연약한 속살을 가진
소나무는 투박하게 서 있고
꽃이 떨어진 자리에 초록 물결이 넘실넘실 춤추는
사이를 지나며
사랑의 음성을 듣기 위해 귀를 기울이며
마음의 노래를 부른다

소용돌이치듯 빨려들어 간
나의 노래
실바람이 듣고
박새가 듣고
새털구름이 들으니
온 우주가 듣고
그가 듣는다

노래가 끝나니

봄이 다시 내려앉아

나비를 부른다

관심을 갖는다는 건

아름드리 벚꽃 나무 아래
굵은 뿌리가 있는 자리에
옹이가 생겨 마음에 짠함이 있었는데
바람이 꽃잎들을 큰 나무 밑에 옹기종기
모여 앉게 하니
상처 입은 곳에 늦은 새싹이 나와
어느새 꽃을 피우고 있다

흐드러진 가지에서 날아온 꽃잎들이
그 주위로 몰려들이 신기한 사랑을
들여다보며
너는 누구니?
어떻게 거기서…
온갖 질문들이 쏟아진다

어리둥절한 작고 연약한 꽃은
부끄러워 고개 숙이며 수줍은 새색시처럼
마냥 부담스러운데
새로운 가십거리가 생겨서인지
호기심 어린 눈빛들이 한껏 들떠 있다

잔뜩 찌푸려 있던 구름이 호통치듯
한바탕 비를 뿌리고 가니
떠들썩하던 소리들이 숨죽여 숨는다

그제야
고개 들어 세상을 보는 어린 꽃
외나무다리를 혼자 걷는 두려움이 있지만
응원해 주는 이들이 있어
용기를 내어 본다

흐르는 강물처럼

멈춰진 시간은 추억의 강을 타고 흐르고
가고 돌아오지 못하는 바람에게 소식을 전하지만
대답 없는 이름이 되어 날아가고…
아름다움도
싱그러움도
열정도 모두 속에서만 맴돈다

멈춤은 새로운 시작이고
새로운 시작은 또 다른 멈춤을 예견하는 것
누구를 향한 멈춤이고
누구를 향한 시작일까

흐르는 강기슭에 홀로 먹이를 찾는
흰두루미는 이 미묘한 심정을 알까
자유로워 보이지만
결코 자유롭지 못한 그의 모습에
또 한 번 막힌 담이 그려진다

멈춰져 버린 시간을 찾아 떠나는 이들에게
흐르는 강은

가고 오고 하는 것이 이치니
너무 슬퍼하지 말라 한다
강의 고요만큼 마음의 요동침이 없었으면…
강의 깊이만큼이나 마음이 깊어지면 좋겠다

오랜 시간이 흐르면 멈춰진 시간들이
승화되어 흐르는 강물과 함께
또 다른 곳을 향하리라

반가운 친구에게

친구
오랜만이네
내가 좋아하는 국화를 들고
만나러 와 줘서 고맙네
흙과 나무를 좋아하는 나에게
다른 것도 즐기면서 살라 하던
말이 생각나네
아- 올 때 뭘 타고 왔나
혹시 바이크를 타고 오지 않았나
위험하다고 말렸는데…
요즘도 그걸 타고 자유를 즐기고 있는 건가
사실 파란색 바이크에 옷과 헬멧이
친구에게 잘 어울리지만
멋지다고 말은 내가 안 했지…
늦었지만 멋있었네
내가 이 땅에서 마지막을 보낼 때
아내랑 자식은 분주한데
친구는 깊은 슬픔의 눈물을 흘리며
힘들어했다는 것-
나 다 알고 있었네

고마우이

늘 나에게 편안한 친구

소꿉친구는 아니지만 내가 많이 의지했고

친구가 있어서 외롭지 않았네

아-참 둘째가 늦은 장가갔겠네

뭐 그리 급해서 훌쩍 떠나왔는지…

못 가 봐서 미안하네

잘 살고 있겠지-

아무쪼록 오랫동안 그곳에서 행복하게

살다가 아주아주 느린 걸음으로 오면 좋겠네

그때는 내가 꽃을 들고 마중 나가

수고했다고 말해 주겠네

다시 한 번 말하는데 빠른 걸음으로 오지 말고

천천히 오게

잘 살게- 친구

(남편을 대신하여 쓴 글)

길 잃은 작은 새

창공을 향해 날아가다
호기심이 생겨 새로운 문으로 들어왔다
분명 들어올 때 창공이 펼쳐져 있었는데
나가려 하니 보이지만 문이 없다

여기는 어디
나는 무엇을 하고 있는가
또 다른 세계에 대한 두려움
아무리 날갯짓을 해도 열리지 않는 공간

어디로 가야 하나
보이는 것은 드넓은 세상인데
왜 나갈 수 없을까

아래로 내려가자니 두렵고
위로 올라가나 열린 곳은 없고
겁 없는 호기심은
뚫려 있는 듯 막혀 있는 공간 속에 속아 버렸다

바람아 바람아

가녀린 울음소리를 실어
애타게 부르짖는 어미에게
전해다오

태양아 태양아
한낮의 열기를 더하여
닫혀 있는 모든 문들이 창공을 향해 열려
무너진 유리성을 뒤로하고
하늘 높이 날아오르게 해다오

흔들리는 바람처럼

어젯밤 비바람이
마음을 많이 흔들어 잠을 설쳤어요
잘 지내는지 묻고 싶네요
여기는 여전히 각자의 자리에서
아우성을 치며 기득권을 향해 달려가고 있어요
그래서인지 점점 한 가지만 존재하는 듯한 느낌입니다
밖에는 아직 세찬 바람이
힘겹게 서 있는 가녀린 작은 나무를 정신 못 차리게 하네요
어찌 이리 잔혹한 훈련은 계속 되어야 할까요
더 강하게 되려면 많은 훈련이 필요하다 하겠지요
큰 나무 옆에 있는 작은 나무들은 숨을 돌릴 수 있어서
다행이네요
그들의 미래는 어떻게 변할까요
살아 낸다는 것은 놀라운 승리입니다
한번 봐야 하는데
이렇게 뒤처져 힘을 얻지 못하고 주저앉아 있네요
너무 걱정하지 마세요
감정의 흐름을 억지로 끊을 수는 없잖아요
당신이 좋아했던 달달한 라테 한잔 사 가지고 갈게요
벌써 그 모습이 그려지네요

그때가 그리워요
다시 돌아올 수는 없지만
내가 갈 수는 있어서 감사하네요
자연의 색만큼이나 다양한 색을 지니고
살아가야 하는 인생이 때론 버겁기도 하지만
고유한 색을 드러낼 수 있어서 특별하잖아요
흔들리는 바람 앞에 몸을 맡기는 것도
하나의 색을 드러내기 위한 몸부림입니다

움직임이 주는 미학

수정 같은 맑은 물위로 설산이 움직인다
높은 산 아래 작은 산들이 움직이고
깊은 계곡 아래 작은 계곡이
역동적이다
계곡 사이사이 풀잎 하나도 그냥 있는 것이 아니듯
우리 인생도 그렇지 않을까
검은 파도의 빙하가 저마다 놀라운
모습으로 마지막 춤을 추고 있다
태곳적부터 있었을까
인내심의 결과물일까
아무렴 어떤가
현재 진행형이란 것이 중요하지 않을까
때론 작고 힘없이 짓밟히는 작은 풀 한 포기를
보면서 인생을 돌아볼 수 있는 것이 역동적이다
화면 속 나무늘보는 입은 웃고 있는데 눈은 슬프구나
너는 웃고 있니?
울고 있니?
초원에 홀로 외로이 서 있는 버팔로는
슬픔을 감추려고 머리 장식을 한껏 내리고
가려진 눈으로 한곳을 응시하고 있다

멈춘 것 같은데 멈추지 않는 역동적 흐름이 가슴을 움직인다
붉은 노을을 닮은 홍학 두 마리
가녀린 다리를 가지고 있지만
눈은 먹이를 찾는 하이에나보다 더 예리하게 부라리며
땅속을 헤집는다
노을과 함께 사라져 버릴 것 같지만 둘이기에
완전함을 주는 안정감이 있다
주어진 곳에서 각자의 삶을 살아가는 모습은
신비의 세계의 아름다움이다

나의 노래

초판 1쇄 발행 2025년 1월 15일

지은이 손미라
펴낸이 이기봉
편집 좋은땅 편집팀
펴낸곳 도서출판 좋은땅
주소 서울특별시 마포구 양화로12길 26 지월드빌딩 (서교동 395-7)
전화 02)374-8616~7
팩스 02)374-8614
이메일 gworldbook@naver.com
홈페이지 www.g-world.co.kr

ISBN 979-11-388-3913-6 (03810)

- 가격은 뒤표지에 있습니다.

- 파본은 구입하신 서점에서 교환해 드립니다.